LES TRAVAUX HISTORIQUES

DE LA

VILLE DE PARIS

ÉTUDE CRITIQUE

SUR

LES DEUX PREMIERS VOLUMES DE LA COLLECTION

PAR

URBAIN DESCHARTES

PRIX : **50** CENTIMES

PARIS

BUREAUX DE LA REVUE DU XIXᵉ SIÈCLE
A LA LIBRAIRIE INTERNATIONALE
15, BOULEVARD MONTMARTRE

LES TRAVAUX HISTORIQUES

DE LA

VILLE DE PARIS

DE L'IMPRIMERIE L. TOINON ET Cᵉ A SAINT-GERMAIN.

LES TRAVAUX HISTORIQUES

DE LA

VILLE DE PARIS

ÉTUDE CRITIQUE

SUR

LES DEUX PREMIERS VOLUMES DE LA COLLECTION

PAR

URBAIN DESCHARTES

PARIS

BUREAUX DE LA REVUE DU XIX⁰ SIÈCLE

A LA LIBRAIRIE INTERNATIONALE

15, BOULEVARD MONTMARTRE

1867

EXTRAIT DE LA *REVUE DU XIXe SIÈCLE*

Une publication périodique a consacré récemment aux travaux historiques de la Ville de Paris deux articles qui révèlent une sérieuse étude du sujet, et qui, à ce titre, ont été fort remarqués dans le monde littéraire. Nous croyons utile de les reproduire, parce que la libre appréciation s'impose à toutes les grandes entreprises de notre temps, et que la Ville de Paris ne saurait échapper à cette loi commune. Les opérations d'édilité qu'elle poursuit s'accomplissent au grand jour, sous l'œil de tous, en face de l'éloge et du blâme; pourquoi, dans le domaine de l'art et de l'histoire, le public ne la verrait-il pas également à l'œuvre, et ne la soumettrait-il pas à sa libre critique?

A. LACROIX, VERBOECKHOVEN et Cⁱᵉ.

Paris, 20 décembre 1866.

LES TRAVAUX HISTORIQUES

DE LA

VILLE DE PARIS

I

On peut redire aujourd'hui, sans encourir le reproche de banalité, que les travaux historiques constitueront, pour une large part, l'originalité littéraire du XIXe siècle. Jamais, en effet, on n'avait mieux compris tout ce qu'une pareille étude ajoute aux forces vives du présent et tout ce qu'elle jette de clarté sur les problèmes de l'avenir. Science positive, l'histoire a cet incontestable avantage qu'elle offre une base également solide aux spéculations de la philosophie et aux choses de la vie pratique. Science révélatrice depuis qu'elle a pris l'habitude de puiser aux sources, elle présente sous des aspects tout à fait inattendus les événements dénaturés par l'esprit de secte ou de parti, et devient ainsi, à ne la considérer qu'au point de vue de la curiosité, ce que nos voisins d'Outre-Manche appellent un spectacle de grand attrait, *of great attraction*. Il n'y a point, en effet, de nouveauté plus piquante, en ce temps où l'inédit est si fort recherché, que la restitution fidèle d'un passé qu'on croyait connaître et qu'on se trouve ne point savoir. Écrivains et lecteurs, également fatigués, les uns de reproduire éternellement le convenu, les autres de retrouver, sous des formes variables, le même fond d'idées et de faits, demandent à l'érudition moderne de les délivrer du « poncif » historique, comme Berchoux demandait autrefois à être affranchi de ces Grecs et de ces Romains de convention qui avaient obsédé son enfance.

Ce besoin de « vérité vraie » auquel notre époque a si largement donné satisfaction, s'explique et se justifie de lui-même. Sans parler des mécomptes de toute nature que nous réservait la littérature fantaisiste, et pour rester sur le terrain des faits, domaine propre de l'histoire, que de motifs n'avait-on pas, de nos jours, pour interroger le passé et pour lui arracher un à un tous ses secrets! Au lendemain d'une révolution « qui a longtemps agité les hommes et qui les divise encore aujourd'hui; » alors que l'ancien régime, maudit par ceux-ci, exalté par ceux-là, subissait alternativement les violences d'un dénigrement systématique et les enthousiasmes d'un dithyrambe compromettant, les hommes impartiaux comprirent que le procès devait être instruit par la science, et qu'il appartenait aux historiens d'en former le dossier. Des deux côtés, on se mit à recueillir avec une égale ardeur les pièces de ce grand débat; les tenants du principe d'autorité ne se montrèrent pas, sur ce point, moins diligents que l'école libérale; à la collection Guizot succéda la collection Michaud et Poujoulat; aux chercheurs de Paris plus ou moins amis des temps nouveaux, se joignirent les chercheurs de province, assez généralement attachés au vieil ordre de choses; et bientôt le sol historique, profondément fouillé, livra de toutes parts les trésors qu'il recélait. Traditions recueillies d'âge en âge, documents lapidaires, objets d'arts et de métier, manuscrits inexplorés, vieux livres oubliés dans la poussière des bibliothèques, souvenirs du passé conservés sous toutes les formes, tel est le fond sur lequel on travailla d'un bout de la France à l'autre, pour la plus grande manifestation de la vérité historique.

Un mouvement de cette importance, dans lequel étaient irrésistible-

ment entraînés les meilleurs esprits de notre temps, devait nécessairement attirer l'attention. Les hommes éminents qui, à des degrés divers et sous des noms différents, sont chargés de diriger la pensée
publique, ne tardèrent pas à s'apercevoir qu'il y avait là un juste sujet
de préoccupations. Si pacifique qu'elle soit, la république des lettres a
toujours besoin d'un modérateur ; et lorsque le pouvoir apparaît dans la
mêlée littéraire, il faut qu'il y intervienne ou pour stimuler les com-
battants ou pour récompenser les vainqueurs. Il fit mieux : il y entra
comme modèle à suivre et ne voulut régler le mouvement qu'en y pre-
nant lui-même une part directe. Dès les premiers jours de ce siècle,
l'Institut, organisé par une main puissante, accepta la mission de
poursuivre les grandes entreprises bénédictines : l'œuvre de Dom Clé-
ment, celle de Dom Bouquet, trouvèrent des continuateurs, et les aca-
démies de province, encouragées par cet exemple, entrèrent à leur
tour dans la voie qui leur était ouverte.

Mais il était réservé au ministère de l'instruction publique, plus par-
ticulièrement responsable de la diffusion des lumières dans notre pays,
de donner aux études historiques une impulsion décisive. La Collection
des mémoires inédits fut fondée en 1836 par un grand historien de-
venu ministre, et les travailleurs isolés dont l'unique perspective avait
été jusque-là un prix ou une mention honorable à l'Académie des In-
scriptions, eurent désormais un centre fixe et purent compter sur une
publicité réelle. De leur côté les ministères, possesseurs de riches archives, songèrent enfin à les explorer : la marine, la guerre, les finances, les affaires étrangères, ouvrirent leurs dépôts, nommèrent des
historiographes, instituèrent des comités de publication et aidèrent
puissamment à la reconstitution de l'histoire.

Restait une grande administration, une sorte d'État dans l'État,
qu'on regrettait de ne point voir à la tête du mouvement, et cela, avec
d'autant plus de raison, qu'il l'avait autrefois singulièrement devancé.
L'État dont je veux parler, promoteur zélé des études sérieuses, riche
de souvenirs dans le passé, plein de ressources dans le présent, sem-

blait avoir tous les motifs du monde de faire par lui-même et pour lui-même ce qu'on avait si souvent et si infructueusement tenté. La ville de Paris — on a compris qu'il s'agissait d'elle — voyait bien se multiplier d'année en année, et sans aucun profit pour la science, les livres qui avaient la prétention de raconter son histoire : travaux indigestes, compilations stériles dont le moindre défaut était de vouloir embrasser, dans le cadre étroit de quelques volumes, les annales de la France et celles de sa capitale ; dont le tort plus grave consistait à redire sans examen, à réimprimer sans critique, ce que d'autres avaient déjà dit et imprimé de seconde main. Mais, si autorisée qu'elle fût à reprendre possession de sa propre histoire, la ville de Paris n'était pas, il faut l'avouer, dans des conditions aussi favorables que l'Institut et les ministères. Dépouillée, pendant la Révolution, de toutes ses richesses manuscrites, déshéritée, au profit des archives de l'Empire, des registres mêmes où sont consignés les actes de son ancienne gestion, elle ne disposait plus que d'un petit nombre de papiers peu anciens, et ne pouvait songer à écrire que les annales de la Préfecture de la Seine, à dater de l'an VIII, entreprise évidemment insuffisante. De plus, absorbée par les nécessités du présent, obligée de satisfaire à tous les besoins résultant d'un accroissement inouï, elle était, par l'opinion publique elle-même, mise en demeure d'appliquer la majeure partie de ses ressources aux travaux d'une édilité véritablement babylonienne.

Et cependant, aucune administration ne s'était montrée, dans le passé, plus soucieuse de ses propres annales et plus constamment préoccupée d'en réunir les éléments. Dès le commencement du siècle dernier, un Prévôt des Marchands, resté célèbre, Jérôme Bignon, prenait résolûment l'initiative d'une grande entreprise historique : « Animé, dit Dom Lobineau, d'un louable zèle pour l'honneur de sa » patrie, et de l'exemple de ses pères à qui les lettres ont des obliga- » tions si essentielles, il employa l'autorité que son rang, son mérite » et l'amour du public lui donnoient dans la ville, pour la déterminer à » faire choix d'un historien qui pust transmettre à la postérité la con-

» noissance spéciale de ce qui s'estoit passé dans cette capitale de
» l'État, tant par rapport à elle-mesme que par rapport à la monar-
» chie[1]. » Pénétré des mêmes idées, un de ses successeurs les plus
éclairés, Michel-Étienne Turgot, père du libéral ministre de Louis XVI,
écrivait en 1734 ces remarquables paroles : « Une de nos obligations
» qui n'en est pas la moins essentielle, consiste dans la transmission à
» la postérité des événements les plus importants qui intéressent cette
» capitale du royaume, et en particulier l'Hôtel de cette ville. En effet,
» la satisfaction avec laquelle le monde entier s'instruit par la lecture
» de divers ouvrages mis au jour jusqu'à présent, sous le nom d'anti-
» quités, d'annales, d'histoires, sembleroit nous rendre responsables
» de la perte que feroient les siècles futurs de tant de faits en même
» temps curieux et utiles[2]. »

Cette responsabilité, hautement revendiquée par l'ancien Échevinage, ne pouvait être, malgré l'inégalité des situations, déclinée plus
longtemps par l'Édilité moderne. Si les modestes représentants de
l'ancienne bourgeoisie parisienne et des six corps de métiers, simples
héritiers des confrères hansés de la Marchandise de l'Eau, s'étaient
tenus pour obligés non-seulement de transmettre fidèlement à leurs
successeurs le dépôt des traditions municipales, mais encore de consa-
crer une partie des quatre ou cinq cent mille livres de rente que la
Ville possédait alors, à faire écrire « une histoire complette tant pour
» l'exactitude que pour l'intégrité des recherches[3], » quel devoir ne
s'imposait pas à une administration dont les pouvoirs ont grandi, dont
le budget annuel atteint deux cents millions, qui représente tout à la
fois la littérature, l'art, le commerce, les finances, l'industrie de la capitale, et qui a d'autant plus à raconter qu'elle ajoute chaque jour da-
vantage aux matériaux de sa propre histoire !

Ces grands travaux eux-mêmes, qui avaient pu la distraire un in-

1. *Histoire de Paris*, préface, p. 2.
2. *Registres du bureau de la Ville*, II 1853 (Arch. de l'Empire).
3. *Introduction à l'Histoire générale de Paris*, p. 19.

stant, et lui faire ajourner l'accomplissement d'une de ses « obligations les plus essentielles, » avaient pris un tel développement ; il en était résulté une modification si profonde de l'ancien état de choses, que le désir de conserver le passé, ne fût-ce que dans les livres, s'était révélé avec autant d'intensité que le besoin de transformer le présent. Il faut dire, à la louange de l'Administration municipale, qu'elle ne vit pas dans l'expression de ce vœu un caprice passager, une fantaisie du moment, mais bien une excitation à remplir un devoir de l'ordre le plus élevé. Elle tint à honneur de payer sa dette à l'art et à l'histoire, et le meilleur mode de payement lui parut être de fonder, comme complément de l'œuvre de transformation à laquelle elle avait si puissamment concouru, une collection de documents destinés à retracer, aux yeux des Parisiens de l'avenir, la physionomie intime de la vieille cité.

Un tel dessein demandait à être nettement et dignement exprimé : en ce temps de petits livres et de grandes prétentions, il faut, quand on a l'honneur de s'appeler la ville de Paris, dire simplement ce qu'on entend faire, et ne jamais rester au-dessous de son programme. Voici en quels termes M. le baron Haussmann crut devoir exposer son projet à l'Empereur :

« Sire,

» La ville de Paris s'est imposé, sous mon administration, l'obliga-
» tion de ne rester étrangère à aucun des efforts de l'intelligence
» contemporaine. Ce devoir m'a paru d'autant plus impérieux, au
» point de vue spécial sur lequel je me permets d'attirer l'attention
» de Votre Majesté, que la ville y a un intérêt direct et en quelque
» sorte personnel : son histoire est encore à faire. Je n'ai pas pensé
» qu'il fallût essayer une fois de plus de composer la monographie de
» Paris, et de créer, en suivant les anciens errements, une de ces
» œuvres laborieusement complexes, telles qu'il s'en produit encore

» aujourd'hui. L'histoire de la capitale de la France est un thème trop
» vaste, un tableau trop chargé, pour qu'on puisse espérer d'y réus-
» sir. En effet, indépendamment des faits religieux et politiques, la
» formation successive de la ville, sa topographie, son administration,
» ses monuments, ses institutions de toute nature constituent autant
» de branches distinctes qu'il est impossible d'embrasser sans confu-
» sion. Les deux derniers siècles nous ont légué, il est vrai, des ou-
» vrages spéciaux sur les antiquités, les transformations, les mœurs
» et les traditions de la cité parisienne; mais la plupart de ces travaux
» ne sont plus à la hauteur de l'érudition moderne, et l'on essaye
» chaque année de les rajeunir et de les compléter par de nouvelles
» entreprises. Ainsi la bibliographie de Paris s'accroît sans cesse et
» presque sans profit; car, en raison des avances considérables que
» nécessite un livre irréprochable sous le rapport de l'impression et
» des gravures, il apparaît bien rarement quelque ouvrage qui réponde
» à la grandeur et à l'importance du sujet. Depuis plusieurs années,
» j'ai acquis la conviction que la ville de Paris ne sera dotée d'une
» histoire digne d'elle, que si elle substitue son initiative aux efforts
» individuels tentés jusqu'ici. Pour être *générale*, pour pouvoir s'a-
» grandir et se compléter sans cesse, cette histoire devra consister
» en une collection de monographies et de documents originaux. Cha-
» cune de ces publications étant en particulier une œuvre remarqua-
» ble, leur ensemble constituerait plus tard un véritable monu-
» ment [1]. »

Il est impossible, assurément, de concevoir plus largement et
d'exprimer une grande pensée avec un plus rare bonheur d'expression. M. le préfet de la Seine, qui appartient, par ses paroles et
par ses actes, à l'école administrative du premier Empire, a compris
d'instinct que la ville de Paris devait écrire sa propre histoire, comme
elle fait toutes choses, c'est-à-dire dans des proportions vraiment mo-
numentales. Je sais bien qu'en littérature comme en édilité, l'initiative

1. *Introduction à l'Histoire générale de Paris*, p. 9.

privée a produit déjà et peut produire encore des livres estimables ; on a imprimé beaucoup d'histoires de Paris, comme on a percé beaucoup de passages et de petites rues ; mais qui donc, en dehors de l'Administration municipale, songerait à ouvrir un large boulevard, à décorer une vaste place, à multiplier sur tous les points les fleurs, les feuilles et les eaux jaillissantes ? Et pareillement, à quel auteur de profession, à quelle maison de librairie pourrait-on s'adresser pour obtenir, dans de sérieuses conditions, cet ensemble d'études topographiques, administratives, morales, économiques, littéraires, anecdotiques même, qu'on appelle l'histoire générale de Paris ? Personne, assurément, ne suffirait à la tâche.

Mais ce que nul ne peut faire avec ses seules forces, on peut le tenter avec les ressources de tout le monde ; ce quelqu'un qui a plus d'esprit que Voltaire, plus de verve que Rousseau, plus d'éloquence que Mirabeau, est précisément l'historien que recherche la ville de Paris et auquel elle veut confier le soin de raconter ses annales. Quiconque a étudié avec persévérance une des faces de ce sujet « ondoyant et divers » ; quiconque a passé vingt ou trente ans de sa vie à déchiffrer les parchemins, à collectionner les livres, les estampes, les médailles, à fouiller le sol parisien et à trouver sous les épaisses stratifications que les siècles ont amassées, la trace de la primitive Lutèce ; quiconque peut aider à redresser une erreur, à résoudre un problème, à réparer un oubli, est de droit le collaborateur de M. le préfet de la Seine ; c'est la science qui, de nos jours, délivre les brevets d'historiographe.

Cette disposition, éminemment libérale, avait été entrevue, même par l'ancien régime, fort attaché, comme chacun sait, au système des maîtrises et des jurandes, en littérature aussi bien qu'en industrie. La Prévôté des Marchands et la Lieutenance de police, qui ont toujours ou devancé ou suivi de très-près le mouvement des esprits, ont compris qu'une collection de documents suppose presque nécessairement une collection d'hommes. Lorsque M. Bignon s'adressait à la savante congrégation de Saint-Maur et obtenait d'elle Félibien, il n'ignorait pas

que le docte bénédictin avait été précédé dans la voie par Du Breul,
qu'il y serait escorté par tous les religieux de Saint-Germain des Prés,
que de toutes les maisons de l'ordre il lui arriverait des renseignements
sur le sujet qu'il avait à traiter, et qu'enfin il aurait pour continuateur
Dom Lobineau, à moins que ce ne fût Dom Ruinart, Dom Plancher,
Dom Vaissette ou tout autre. De même, quand le premier président de
Lamoignon et le lieutenant civil de la Reynie confiaient au commissaire
De Lamare la mission de coordonner les documents relatifs à l'histoire
administrative de la cité, ils le voyaient, aidé dans le présent par les
examinateurs et enquêteurs du Châtelet, suppléé dans l'avenir par Le
Cler-du-Brillet; et son œuvre, placée sous la double protection du
Parlement et de la Lieutenance civile, ne fut entreprise que parce que
l'achèvement en paraissait assuré. Enfin, lorsque Antoine Moriau,
procureur de la Ville et fondateur de la bibliothèque municipale, repré-
sentait au Prévôt des Marchands et aux Échevins « qu'il étoit de la
» grandeur de la ville de Paris d'avoir un historiographe qui eut soin
» de recueillir tout ce qui se passoit dans la capitale du royaume, et
» de faire passer à la postérité les faits les plus intéressants [1], » il
avait en vue non-seulement le savant et estimable Bonamy, mais encore Bouquet, Ameilhon et tous ceux qui devaient leur succéder dans
cet emploi.

Le principe salutaire de la collectivité et de la tradition a été posé plus
nettement encore par M. le baron Haussmann : « Sous la direction d'une
» sous-commission ont été placés, dit-il, des hommes spéciaux que leurs
» études antérieures désignaient au choix de l'Administration munici-
» pale, et dont la réunion constitue le service historique de la ville de
» Paris [2]. Quelques-uns ont pris place dans les rangs du personnel ad-

1. *Introduction à l'Histoire générale de Paris*, p. 49.
2. Cette sous-commission se compose de MM. Alfred Blanche, conseiller
d'État, secrétaire général de la Préfecture de la Seine, président; le baron
Poisson, membre du conseil municipal; Paulin Paris, membre de l'Institut;
Jules Quicherat, professeur à l'École des Chartes; Artaud-Haussmann, auditeur
au Conseil d'État; Charles Read, chef de section à la Préfecture de la Seine;
L.-M. Tisserand, secrétaire archiviste, chef du bureau des travaux historiques.

» ministratif; d'autres travailleront librement au dehors; chacun se
» propose de traiter un côté particulier de l'histoire de Paris. Leur
» nombre, assez restreint d'abord, est destiné à s'accroître à mesure
» que se révéleront de nouvelles aptitudes; et les parties du programme
» qui n'auront pu être remplies par les travailleurs du présent sont lé-
» guées, dès aujourd'hui, aux travailleurs de l'avenir [1]. » Plus loin
encore la même pensée est reproduite; M. le baron Haussmann y revient
avec une insistance qui fait le plus grand honneur à son esprit pré-
voyant et libéral : « Ce n'est point, dit-il en terminant son exposé, une
» œuvre passagère que le chef de l'Édilité parisienne veut accomplir
» aujourd'hui : c'est un monument définitif dont il pose la première
» pierre, et dont il léguera la continuation à ses successeurs. L'*Histoire*
» *générale de Paris*, ainsi recommandée, aura pour protecteurs natu-
» rels, non-seulement les représentants futurs du pouvoir municipal,
» intéressés par honneur et par devoir à l'achèvement de cette grande
» entreprise, mais encore les amis des études sérieuses qui ne meurent
» point en France, et qui ne lui refuseront pas, dans l'avenir, le tribut
» de leurs sympathies et le concours de leurs lumières [2]. »

Ce sont là assurément de nobles paroles : M. le préfet de la Seine, qui,
en politique et en administration, ne passe pas pour un « libéral, » donne
ici à ses adversaires une leçon de libéralisme pratique dont ils ne profi-
teront probablement pas, mais qui, aux yeux des hommes sérieux, a une
tout autre signification que les vaines déclamations de la presse et de la
tribune. Du moment que l'histoire de Paris est une « collection de documents, » et que l'historien de la ville s'appelle Légion, il faut s'attendre à une œuvre de haute neutralité. Politiquement et religieuse-
ment impersonnelle la nouvelle *Histoire générale* ne sera ni voltairienne
et conventionnelle comme le long pamphlet de Dulaure, ni dévouée au
« trône » et à « l'autel » comme le pieux factum de Saint-Victor. La
science y aura ses coudées franches; la vérité pourra s'y étaler à l'aise;

1. *Introduction à l'Histoire générale de Paris*, p. 49.
2. *Id.*, p. 62.

et le vers d'Horace, qui a servi de devise à Jaillot, en deviendra la consciencieuse épigraphe :

> . . . . *Quid verum curo et rogo, et omnis in hoc sum.*

Libre et impartiale, également éloignée du plaidoyer et du panégyrique, l'*Histoire générale de Paris*, à en juger par le plan qu'expose M. le baron Haussmann, sera surtout analytique et documentaire, c'est-à-dire conforme aux données de la science moderne. On a fait, de nos jours, tant de synthèses irréfléchies ; on s'est livré à des généralisations si aventureuses que le public veut désormais voir les choses par le menu, et peser rigoureusement chaque prémisse avant de tirer une conclusion. D'autre part on a beaucoup trop lu pour lui, beaucoup trop étudié en son lieu et place ; il prétend aujourd'hui, et c'est son droit, consulter les documents originaux, et puiser aux sources. Si pour traiter un côté de l'histoire de Paris, vous avez dû aller fréquemment aux archives de l'Empire, que votre livre l'y conduise et que vos indications le mettent en mesure de contrôler tous vos dires. Si vous avez interrogé le sol parisien, donnez au lecteur le procès-verbal de vos fouilles et laissez-le tirer lui-même ses inductions. Il faut bien en prendre son parti : le public que les écrivains ont longtemps tenu en tutelle est aujourd'hui complétement émancipé ; à force de lui demander des actes de foi, on l'a rendu passablement sceptique, et il s'obstine à vouloir toucher du doigt tout ce qu'il se laissait paisiblement raconter autrefois. Avec une telle disposition des esprits, il n'y a plus de place pour les naïves compositions des Bonfons et des Malingre, pour les compilations ennuyeuses des Le Maire et des Piganiol, pour les livres humoristiques des Sainte-Foix et des Mercier. Sauval, Lebœuf, Jaillot, c'est-à-dire la vraie science unie à la vraie critique, les documents authentiques au lieu des récits imaginaires, l'affirmation raisonnée à la place de la conjecture, et le doute... provisoire, en attendant que la vérité se fasse jour, tels sont aujourd'hui, je n'ose pas dire les modèles, mais les conditions et les règles de la composition historique.

M. le baron Haussmann, qui, à de grandes qualités administratives, joint un bon sens exquis et une rare finesse d'observation, a placé d'emblée son entreprise au niveau d'un tel programme. Les exigences de l'esprit lui ont paru mériter au moins autant de déférence que celles du corps ; et après avoir bâti une capitale où les plus difficiles ne trouvent qu'à admirer, il a, par une fantaisie vraiment royale, voulu que les délicats de l'histoire et les raffinés de la critique se déclarassent pleinement satisfaits. Des plumes plus autorisées que la nôtre décerneront à M. le préfet de la Seine ce *satisfecit* littéraire que lui doivent tous les amis de la science ; pour nous, en dehors de tout esprit de parti et parfaitement disposé à blâmer s'il y avait en matière à blâme, nous avons parcouru les deux splendides volumes destinés à inaugurer la collection, et nous n'avons pas su nous défendre d'un premier mouvement. L'idée de M. le préfet de la Seine est des plus louables ; son plan, largement, libéralement conçu, révèle une de ces intelligences calmes et sereines qui voient de haut toutes choses et jugent de tout sans passion. Quant à l'exécution matérielle, elle est comme ces merveilles d'édilité auxquelles M. Haussmann nous a habitués, c'est-à-dire digne de la première ville du monde.

II

Le programme de l'*Histoire générale de Paris* était donc tracé, et de main de maître ; mais à une conception aussi haute devait répondre une exécution scientifiquement et littérairement irréprochable. Il faut sans doute reconnaître, avec le poëte latin, que besogne bien commencée est à moitié faite :

Dimidium facti qui cœpit habet.

Toutefois, la seconde moitié a bien ses difficultés, et plus d'un voya-

geur trébuche dans la route, qui en avait d'avance reconnu les aspé-
rités et mesuré la longueur. Il nous reste à examiner si les premiers
pas faits dans la voie si largement ouverte par M. le Préfet de la Seine,
permettent d'espérer que la carrière sera dignement parcourue.

Deux grands principes avaient été posés dès le début : d'une part
on avait compris que l'histoire de Paris ne pouvait être écrite que par
une réunion d'hommes spéciaux ; de l'autre, on s'était convaincu que
les ouvrages d'ensemble devaient faire place aux monographies détail-
lées. Il importait donc de grouper d'abord autour de la nouvelle idée les
représentants les plus autorisés de la science historique, et d'adopter
ensuite, pour la succession des volumes à publier, un ordre raison-
nable. Ce dernier problème n'était pas le moins difficile à résoudre :
conçue sous forme d'études séparées, l'histoire de Paris n'a pas un
commencement distinct et une fin déterminée, comme les vulgaires
compilations qui en ont jusqu'ici usurpé le nom. Il n'est pas malaisé
de parler de Lutèce au premier chapitre et du boulevard de Sébastopol
au dernier ; il l'est un peu plus de classer méthodiquement les diverses
parties de ce grand tout, et d'encadrer comme il convient chacune des
pièces de cette immense mosaïque.

Par où commencer ? Fallait-il tout d'abord raconter les humbles
débuts de la bourgade gauloise ? Rechercher les origines de son gouvernement ? Retrouver dans le sol les monuments écrits, les fragments
lapidaires, les détritus des civilisations successives qui se sont amonce-
lés sur les rives de la Seine, pour leur demander le secret du passé ?
Valait-il mieux décrire les monuments, faire la biographie des Parisiens célèbres, exposer les institutions de la cité et les mœurs
changeantes de ses habitants ? Tout cela, c'est incontestablement
l'histoire de Paris, mais ce n'en est pas le commencement naturel.
La même pensée qui avait présidé à l'ensemble du programme, a
indiqué ce commencement logique, et l'on n'imagine pas qu'il puisse
y en avoir un autre. M. le baron Haussmann convaincu que la tradition, qui est l'âme de l'administration, est également l'âme de l'his-

toire, a voulu qu'on recueillît avec le plus grand soin tous les antécédents de la question. Ce premier travail, qui a pour titre *Précédents historiques*, est compris dans le volume d'introduction. Puis, comme les *Précédents historiques* ne sont en réalité qu'une préface étendue, M. le Préfet, qui sait qu'à tous les points de vue *le sol c'est la patrie*, a cru devoir inaugurer la collection par un ouvrage de topographie parisienne. Il lui a paru qu'il fallait, avant tout, dresser le théâtre où s'est joué dans le passé, où se joue encore dans le présent, ce drame multiple, cette *ample comédie à cent actes divers*, qu'on appelle l'histoire de Paris. Cette idée est de celles qu'on ne loue pas : il suffit de l'exprimer pour que le bon sens public l'accepte.

Les *Précédents historiques* auraient encore, à défaut d'autre mérite, celui de la brièveté. Dans un exposé rapide d'une cinquantaine de pages, l'auteur anonyme de ce travail a su réunir toutes les indications éparses qu'ont pu lui fournir les livres et les manuscrits, et établir ce fait désormais hors de toute discussion : *La ville de Paris a préparé elle-même, de temps immémorial, tous les éléments de son histoire*; de telle sorte qu'en mettant aujourd'hui ces éléments en œuvre, elle ne fait que reprendre son bien et continuer sa propre tradition. Cette thèse historique aurait pu entraîner l'auteur fort loin, s'il ne s'était soigneusement interdit le domaine des conjectures. Sachant qu'il parlait au nom de la Ville, il a adopté le langage et s'est imposé la réserve que commandait une telle situation. Chacun de ses dires est appuyé d'une pièce justificative ou d'une note substantielle ; toute hypothèse est bannie, tout développement oiseux est impitoyablement retranché. Si le paysage n'est pas riant, le terrain du moins est solide, et dans cette course à travers les siècles, le promeneur peut, en toute sécurité, marcher sur les pas de son guide. Lorsque celui-ci affirme que « la Prévôté des Marchands a toujours placé au premier rang de ses devoirs » la conservation de ses coutumes, le maintien de ses privilèges, la » transmission de ses actes, éléments essentiels de l'histoire et de » l'administration parisiennes, » il appuie son assertion sur les paroles mêmes d'un ancien échevin auquel la Ville doit le classement de ses archives, et le lecteur apprend, de la bouche de M° Jehan Poussepin, que « nos pères avaient grand dévotion à nous acquérir un ample et « trés-beau patrimoine. » S'il cite, comme une preuve de cette « dévotion » historique le *Livre des Métiers* et le *Livre des Sentences*, rédigés l'un par le prévôt réformateur Étienne Boileau, l'autre par le clerc du Parloir aux Bourgeois, en l'auditoire de la Prévôté ; s'il voit dans la transcription minutieuse des « chartes des bourgeois de Paris, *Chartæ burgensium parisiensium* » un nouveau témoignage de cette constante sollicitude, c'est qu'il y est autorisé par les termes mêmes de la grande ordonnance de Charles VI, où il est tenu si grand compte des « ordonnances, coustumes, constitutions, statuz, usages et com- » munes observances anciennes que l'en souloit garder en la prévosté » des marchans, » ainsi que des « chartres, *vidimus*, livres, quaiers, » papiers, registres et autres enseignements anciens » qui composaient le trésor historique de la Ville.

Le conservateur né de ces précieux documents était le clerc du Parloir aux Bourgeois, personnage fort docte à cette époque et des plus importants pour la conduite régulière du gouvernement municipal. On peut le voir au frontispice des vieilles éditions du recueil des « *Ordonnances royaulx sur le faict et jurisdiction de la Prévosté des Marchans et Eschevinaige*, » tel que la gravure sur bois l'a naïvement représenté, debout, à la gauche du Procureur de la Ville, en face du Prévôt et des Échevins qui siégent sur les fleurs de lis, et tenant à la main les feuilles sur lesquelles il consigne les principaux actes de l'Administration urbaine. Cet homme n'est rien moins que l'historiographe primitif ; c'est lui qui rédige les procès-verbaux des délibérations du corps municipal ; c'est à son laborieux plumitif qu'est due l'inestimable collection connue sous le nom de *Registres du bureau de la Ville*, source des plus abondantes, où tous les historiens de Paris ont puisé et qu'on est bien loin d'avoir tarie.

Confirmée par l'examen des documents manuscrits les plus authentiques, la thèse dont nous parlons ne s'appuye pas moins solidement

sur les livres publiés depuis la découverte de l'imprimerie et la renais-
sance des lettres. Les officiers municipaux que Jehan Poussepin nous
montre si « dévots » pour l'histoire, si jaloux de laisser aux chroni-
queurs futurs « un ample et très-beau patrimoine, » saisissent toutes
les occasions qui leur sont offertes de venir en aide à la science historique. Ramus meurt en laissant une rente pour fonder une chaire de
mathématiques au Collége Royal; l'Échevinage parisien pense « qu'il
» seroit plus expédient d'employer ladicte rente aux gages d'une per-
» sonne capable... pour continuer l'histoire de France... » Le poëte
Raoul Boutrays fait en l'honneur de la ville de Paris un long dithyrambe; le Prévôt et les Échevins, auxquels il dédie son livre, « l'en
» remercyent grandement, lui envoyent incontinent des présents, qui
» sont confitures, dragées, hypocras, » et ordonnent « que lesdicts
» deux livres seront mis au trésor de la Ville. » Le P. Du Breul, vieux
et impotent, veut, au fond de sa cellule de Saint-Germain-des-Prés,
occuper fructueusement les loisirs que lui ont fait l'âge et la maladie;
le président de Thou, nom cher à l'histoire et à l'Édilité parisienne,
prend sous sa protection le bénédictin octogénaire, lui fait prêter
« l'inventaire des tiltres et enseignements de l'Hostel de Ville, » et
aide ainsi à la publication du *Théâtre des Antiquitez de Paris*.

Claude Malingre, continuateur de ce grand ouvrage, les géographes Boisseau, Gomboust, Bérey, Bullet, etc., l'historien Le
Maire obtiennent les mêmes secours et témoignent la même grati-
tude : « Mon recueil, » dit Le Maire en s'adressant au prévôt Henri
de Fourcy, « vous appartient à juste titre, parce que vous remplissez
» une charge qui vous rend le chef de cette capitale du royaume. »
— « Vous estes véritablement, » ajoute Malingre, en dédiant son livre
aux Échevins, « les juges légitimes de ce mien ouvrage... vous en
» sçavez infiniment plus que moi, ny que tous ceux qui en pourroient
» parler. » Si énorme que paraisse un tel éloge, les contemporains n'y
ont pas contredit, parce que l'Échevinage parisien, conservateur de la
tradition historique, avait, aux yeux des hommes d'étude, un mérite
inappréciable : il préparait en silence les matériaux qui devaient entrer
plus tard dans la construction d'un grand édifice.

Aussi bien, tous les yeux se tournaient, à cette époque, vers la magistrature urbaine, pour lui demander protection et assistance : Sauval sollicitait de Colbert « une pension viagère de mille écus et » une charge honorifique à l'Hôtel de Ville, » pour mettre la dernière main à son immense compilation; le commissaire De Lamare recevait du Châtelet, de l'Hôtel-Dieu, de la surintendance des spectacles une « aide » qui s'éleva à la somme considérable de trois cent mille livres, et qui lui permit de publier trois volumes in-folio de son *Traité de la Police*; Félibien et son continuateur Lobineau se mettaient à l'œuvre « sur les assurances données par Jérôme Bignon, Prévôt des Mar- » chands, que la Ville auroit soin de procurer libéralement tous les » secours dont ils auroient besoin dans la suite, » et Louis XIV, con- sulté sur le projet de 1713, y donnait hautement son approbation, comme l'Empereur a daigné accorder la sienne à l'entreprise histo- rique de 1866.

On voit avec quelle persévérante sagacité l'auteur des *Précédents historiques* a su chercher et retrouver la trace de ces longues prépa- rations qui devaient si heureusement aboutir; travail latent, études silencieuses qui rappellent, dit-il, tant de généreux efforts et tant d'obscurs dévouements. Mais à mesure qu'on se rapproche des temps modernes, la lumière se fait sur toutes ces obscurités : les efforts ne sont pas moins généreux, mais les dévouements ont un nom, et la Prévôté des Marchands affiche publiquement la noble ambition qui l'anime. Le 20 avril 1731, Turgot, père du célèbre économiste, assisté de ses quatre échevins, fait cette déclaration officielle : « Une partie » de nos obligations, qui n'est pas la moins essentielle, consiste dans » la transmission à la postérité des événements qui intéressent cette » capitale du royaume, et en particulier l'Hostel de cette ville : en » effet, la satisfaction avec laquelle le monde entier s'instruit par la » lecture de divers ouvrages mis au jour jusqu'à présent, sous le nom » d'antiquités, d'annales, d'histoires, sembleroit nous rendre respon- » sables de la perte que feroient les siècles futurs de tant de faits en » même temps curieux et utiles; ce n'est que par une histoire com-

» plette tant pour l'exactitude que pour l'intégrité des recherches que,
» *sans les compilateurs qui jusques icy ont travaillé*, nous pourrons y
» parvenir. » Et pour appuyer, par des actes immédiats, cette solen-
nelle déclaration, Turgot arrête « qu'il sera étably et nommé une
» personne pour composer deux corps d'histoire, l'un de la ville de
» Paris, l'autre de l'Hostel de ladite Ville. » Cette « personne » ce fut
Bonamy d'abord, puis Bouquet, et enfin Ameilhon qui garda ses fonc-
tions jusqu'à la Révolution française.

L'auteur des *Précédents historiques* conduit ainsi son lecteur jusqu'au
seuil de l'époque moderne ; chemin faisant, il lui raconte la fondation
de la bibliothèque municipale, ses accroissements, ses transferts, et
lui révèle l'étroite corrélation qui s'établit tout d'abord entre les deux
services. Garder les livres de la Ville et composer son histoire était une
seule et même besogne pour les savants paisibles auxquels avait été
confiée cette double mission ; si nous sommes bien informé, cette
solidarité n'est pas rompue, et la sous-commission qui élabore si cons-
ciencieusement les publications de la Ville, étend également son action
protectrice sur les cent mille volumes dont se compose la « librairie »
municipale.

Un écrivain habile, un de ces esprits déliés

> Dont la fertile plume
> Peut atteindre sans peine au dixième volume,

n'eût pas manqué d'en faire au moins un gros avec les nombreux documents qui établissent la perpétuité de la tradition municipale en matière
d'études historiques. L'auteur des *Précédents* s'est montré plus sobre ;
il lui a suffi de rattacher aux travaux contemporains les nombreux
essais des deux derniers siècles et les longues préparations des âges
antérieurs. Si intermittente qu'ait pu être la lueur de ce flambeau, il
demeure établi, grâce aux savantes investigations auxquelles on s'est
livré, qu'il n'a jamais complétement cessé de briller ; et c'en était assez

pour que M. le baron Haussmann, plus soucieux qu'on ne le croit des choses du passé, ait pris à cœur de le raviver. Grâce à sa féconde initiative, aussi énergiquement secondée qu'elle a été vivement comprise, le volume d'introduction a été écrit, imprimé et révisé en moins de trois mois, et cette rapidité d'exécution n'en amoindrit en rien le mérite.

III

Tout autre a dû être la conception et l'élaboration de la *Topographie*. L'auteur de cette œuvre véritablement bénédictine est dans le vrai lorsqu'il parle des « longues et laborieuses recherches » auxquelles il s'est livré avant d'écrire la première page de son texte et de tracer la première ligne de ses plans. A l'époque où les Mabillon succédaient de plain-pied aux d'Achéry et les Durand aux Martène, l'entreprise de M. Adolphe Berty eût absorbé trois générations de religieux ; elle dévorera sa vie, il le sait, et il s'y résigne ; mais il aura accompli, dans une seule existence d'homme, une des plus hautes missions scientifiques qu'un écrivain puisse recevoir ou se donner. Voici dans quels termes l'homme qui a été le plus mêlé aux travaux de M. Berty s'exprimait, il y a six ans, sur cette gigantesque entreprise :

La *Statistique monumentale*, éditée par le ministère de l'instruction publique, a été l'origine et le point de départ de la *Topographie*. Lorsqu'il s'est agi, pour compléter cette œuvre, de tracer un plan restitué du vieux Paris, on s'est aperçu premièrement que les plans anciens n'avaient pour la plupart aucune valeur géométrale, et en second lieu que les grands édifices civils et religieux se détachaient seuls du milieu des constructions bourgeoises et marchandes qui les enserraient. Il restait ainsi, entre les monuments publics, les hôtels seigneuriaux et les habitations privées, de grands espaces couverts par des maisons de

toute grandeur, de toute forme et de toute destination, pleines de souvenirs historiques, peuplées d'objets d'art ou de métier, désignées par
de curieuses enseignes, et offrant dans leur infinie variété des spécimens
multiples de la construction, de la décoration intérieure et extérieure,
de la distribution ainsi que de l'aménagement des demeures particu-
lières au moyen âge. C'est cette immense lacune, figurée par des
hachures dans les plans ordinaires, que M. Adolphe Berty a entrepris
de combler au moyen de plans restitués où apparaissent distinctement
toutes les parcelles bâties. Délimitées aussi exactement que l'étude des
documents originaux, chartes, censiers, terriers, etc., a permis de le
faire, ces parcelles construites forment, par leur juxtaposition, des
îlots de maisons dont l'agencement reproduit la physionomie exacte
de l'ancien Paris.

Les éléments de restitution une fois obtenus et rigoureusement
localisés, trois systèmes de représentation graphique s'offraient à l'esprit. On pouvait ou diviser les plans de restitution en carrés arbitraires
destinés à former, par leur rapprochement, un vaste plan d'ensemble,
ou les fractionner en cartes de paroisses et de quartiers, réduites à la
même échelle, ou présenter une série de plans dressés par périodes
historiques, depuis le moment où la certitude topographique commence
à naître jusqu'au commencement du XVIIe siècle, époque où apparaissent les premiers essais géométraux. Le premier mode a été suivi par
tous les géographes parisiens de quelque notoriété, depuis Gomboust
jusqu'à Verniquet ; les travaux géodésiques de l'état-major sont fondés
sur le même principe. Le second mode a été mis en pratique par Jaillot ;
quant au troisième, De Lamare et Dulaure sont les seuls auteurs qui
s'y soient arrêtés ; encore n'y ont-ils que médiocrement réussi.

Il importait tout d'abord d'écarter le système des paroisses et des quartiers, malgré ce qu'il peut avoir de séduisant. Les quartiers, en effet, sont
une circonscription assez récente, plutôt militaire que civile, et dont on
ne trouve pas trace dans les anciens titres. D'un autre côté, la circonscription paroissiale que les livres de la Taille nous ont fidèlement trans-

mise, et qui remonte à une haute antiquité, se prête fort peu à la représentation graphique, à cause des enclaves, des exceptions de juridiction et des enchevêtrements de toute sorte dont elle est hérissée. Restaient les deux modes personnifiés, dans le passé par Gomboust et De Lamare, et dans le présent par Verniquet et Dulaure; l'un essentiellement synthétique et présentant en un seul tableau le travail de plusieurs siècles, l'autre purement analytique et reproduisant, dans une succession de plans d'époques, le mouvement progressif de l'agglomération parisienne. La perfection est dans la réunion des deux systèmes, et la commission des travaux historiques s'est prononcée dans ce sens; elle a prescrit à l'auteur de détacher de son travail d'ensemble les éléments des plans périodiques, c'est-à-dire de soulever, feuille par feuille, les couches successives dont se compose le Paris bâti. Il en résultera un atlas complémentaire qui ne sera pas le moindre attrait de la publication.

Ce qui y ajoute un charme infini, même à côté des plans qui éclairent le texte, et du texte qui sert de commentaire aux plans, ce sont les illustrations historiques, qui, tout en égayant un ouvrage des plus sérieux, servent de base ou de confirmation aux thèses qui y sont soutenues. Ces planches, splendides gravures sur acier, exécutées par les premiers artistes, sont, pour la plupart, des plans et vues d'édifices détruits ou présentés aux différentes époques de leur construction, des parties de rues et de quais vues à vol d'oiseau, des profils de monuments modifiés de siècle en siècle, quelquefois des fac-simile de dessins du temps, toujours des choses inédites ou des curiosités rarissimes; de telle sorte que la *Topographie du vieux Paris* serait le plus agréable et le plus instructif livre d'images qu'on puisse rêver, si elle n'était avant tout une dissertation historique du plus haut intérêt.

M. Berty, comme son prédécesseur Jaillot, s'est inspiré de ce vers d'Horace, si plein de sens :

> *. . . Quid verum curo et rogo, et omnis in hoc sum.*

Le vrai, l'authentique, l'inattaquable, c'est ce qu'il recherche avec la passion de l'antiquaire, tempérée par la gravité du philosophe. Lorsqu'il arrive sur l'extrême limite de la vérité, aux confins de l'erreur et de la conjecture, il s'arrête et s'interroge en face de l'inconnu. Le « que sçay-je » de Montaigne, le « je ne sçay » de Charron ne lui coûtent pas à dire. Rien de naïf comme le vrai savant ; il met à confesser son ignorance autant de vanité que le pédant en montre à étaler son faux savoir, parce que, aux yeux des doctes, douter est une preuve de circonspection, et affirmer, un témoignage non équivoque de précipitation scientifique. Libre de tout souci, de toute préoccupation systématique, l'auteur de la *Topographie* a cherché, a écrit *non ad probandum, sed ad narrandum*, toujours prêt à se redresser lui-même lorsque de nouvelles trouvailles venaient infirmer ses précédentes affirmations. Dans ces conditions si éminemment favorables à la découverte de la vérité, il devait non-seulement réaliser l'épigraphe de Jaillot, mais encore répandre sur toute son œuvre ce parfum d'honnêteté qui fait trop souvent défaut aux livres contemporains.

La distribution du travail y est simple et naturelle ; l'auteur trace d'abord les limites des paroisses et des censives dans la circonscription desquelles se trouve la région qu'il étudie. Il fait ensuite l'historique de chaque rue, expose les juridictions différentes auxquelles elle a été soumise, et énumère les modifications de longueur, de largeur, de dénomination qu'elle a pu subir dans le cours des siècles. Viennent ensuite la description de chacun des deux côtés de la voie : palais, églises, hôtels, simples maisons de bourgeois ou d'artisans se succèdent sans autre ordre que celui de la contiguïté ; c'est, comme l'a dit ingénieusement M. Vitet, une promenade historique dans les rues et les habitations de l'ancien Paris. Quelquefois la simple notice se transforme en monographie : une résidence princière ou seigneuriale, un couvent ou un hospice se sont présentés aux yeux du promeneur, et il a fallu s'arrêter pour raconter tout le passé de ces vieux édifices. Il est arrivé aussi qu'on a rencontré, chemin faisant, l'erreur fortement établie, et la contradiction retranchée dans les in-folios comme en autant de citadelles ; force a bien été d'en faire le siège, et alors le paisible promeneur s'est fait homme de guerre; il a mené rudement les hommes et les choses, au risque de passer peut-être pour un joûteur discourtois; mais le mot d'Horace était là : *Quid rerum*. Enfin, en décrivant les palais, en cherchant l'âge de ces êtres archéologiques qu'on appelle des monuments, il s'est trouvé en face d'architectes, de sculpteurs, de peintres auxquels on attribuait telle ou telle partie de construction ou de décoration, et qui n'en devaient point assumer la responsabilité devant l'histoire, par cette simple raison qu'allègue l'agneau de la fable : c'est qu'ils n'étaient point nés... ou qu'ils étaient déjà morts. De là des développements biographiques plus ou moins longs, des comptes de recettes et de dépenses assez fastidieux; mais le but à atteindre était la vérité, et il fallait y arriver à tout prix, fût-ce par le chemin des écoliers.

Les deux seuls reproches qu'on pourrait faire à M. Berty, ce serait, d'une part, d'avoir préféré les plans géométraux aux plans en élévation; de l'autre, de s'être interdit l'histoire anecdotique des habitations de la vieille cité, ce qui eût fait pénétrer le lecteur dans l'intimité même de la vie parisienne. Il répond, dans sa préface, à l'un et à l'autre de ces *desiderata*. « Rien n'est moins facile, assure-t-il, que de dresser des plans » à vol d'oiseau, quand on veut opérer avec précision, car les titres ne » contiennent aucune donnée sur la disposition architectonique des » maisons. » Les amateurs de particularités historiques ne sont pas plus fondés, selon lui, à demander qu'on égaye les descriptions de maisons et de rues par quelque récit qui rompe la monotonie topographique : « L'anecdote, dit-il, doit être bannie de cet ouvrage; ce serait, du reste, » un souhait stérile que celui d'une histoire récréative des habitations » du vieux Paris; il n'y a presque rien à dire sur cette matière; des » maisons de Paris pendant le moyen âge, on ne peut guère arriver à » connaître que l'emplacement, la désignation habituelle et le nom de » quelques propriétaires. » Voilà le lecteur prévenu : en ouvrant le livre, il saura par avance que rien ne viendra le dérider; la science est grave de sa nature, et la *Topographie* est une œuvre essentiellement scientifique.

Nous ne contredirons point, en 1867, le jugement porté, en 1864, par l'homme qui a prêté son concours littéraire le plus actif à l'œuvre de M. Berty; la lecture du volume que la Ville vient de publier, confirme pleinement d'ailleurs ses loyales appréciations. Ce qui constituait alors et ce qui constitue encore aujourd'hui l'originalité de l'entreprise, c'est que M. Adolphe Berty a réussi à faire des plans avec de vieux textes, et à composer un volume pour servir de légende à ses plans : originalité sérieuse et dont on ne rencontre pas d'exemples dans les annales de la topographie parisienne. La haine du convenu, l'horreur des redites, la « recherche de l'absolu, » ou plutôt de l'absolument vrai, tel est le caractère de l'ouvrage; et une telle disposition honore l'homme autant qu'elle recommande le livre. L'œuvre se poursuivra, dit-on, dans les mêmes conditions; à la *Région du Louvre et des Tuileries* succéderont le bourg Saint-Germain, les deux revers de la Montagne-Sainte-Geneviève, pays historique s'il en fût, la Cité, puis les quartiers de la rive droite encore incomplétement explorés, et enfin les faubourgs qui forment la ceinture de la Ville.

Cet ordre est arbitraire, il faut en convenir, et l'auteur ne s'en défend pas. « Si l'on était complétement maître d'un tel sujet, dit-
» il, il serait logique de commencer par la *Cité*, cet antique berceau
» de l'histoire parisienne; mais un travail de restitution aussi étendu,
» aussi compliqué, est soumis à des nécessités de toute nature
» qui amènent forcément des interversions dans l'ordre de succession
» des parties qui le composent. Les titres écrits ont leurs lacunes et
» présentent de nombreuses difficultés d'interprétation; les monuments
» lapidaires ne peuvent être utilement consultés qu'au moment où la
» pioche ouvre les profondeurs du sol qui les renferme. Il faut donc,
» pour mettre sûrement la dernière main à un volume de texte et à
» une feuille de plan, attendre tantôt la découverte de pièces manus-
» crites nouvelles ou le dépouillement d'anciens fonds qui n'avaient
» pas encore été livrés au public, tantôt l'exécution de grands travaux
» de construction ou d'édilité, d'où résulte soit un utile complément
» d'indications, soit une confirmation matérielle des renseignements

» fournis par les Archives. Ces déviations que ne connaissent ni les
» littérateurs ni les hommes de science pure, un historien topographe
» est obligé de les subir ; il va là où l'appellent les matériaux qui doivent
» entrer dans la composition de son œuvre ; il suspend momentanément
» certaines parties de son travail, quand il a l'espoir de faire quelques
» bonnes trouvailles, et il ne se décide à les livrer au public que lors-
» qu'il croit avoir épuisé les sources ; l'estime du monde savant est à
» ce prix. »

Devant une pareille déclaration, toutes les objections tombent ; les
diverses parties de l'ouvrage viendront en leur temps, en leur lieu, et le
public savant mettra volontiers plusieurs années de patience au service
de M. Berty. En attendant, l'*Histoire générale de Paris* suivra régulière-
ment son cours ; nous en avons pour garant M. le Préfet lui-même.
Œuvre essentiellement complexe, comme la ville immense dont elle
est l'expression, elle embrassera toutes les manifestations de la pensée
et présentera successivement toutes les faces de la vie parisienne. On
nous assure que d'importantes publications sont dès aujourd'hui en
cours d'impression, que d'autres s'élaborent, et que, dans un avenir
très-rapproché, l'entreprise multiple dont M. le baron Haussmann a
pris l'initiative justifiera pleinement son titre. Cette activité nous ré-
jouit plus qu'elle ne nous étonne : le jour où M. le Préfet de la Seine a
solennellement posé la première pierre du nouvel édifice historique,
il a contracté envers le public l'engagement de le terminer comme
il achève toutes choses, c'est-à-dire dans de grandes et monumen-
tales proportions. Ces sortes d'engagements, on les tient toujours,
quand on a l'honneur de représenter la Ville de Paris.

HISTOIRE GÉNÉRALE DE PARIS

COLLECTION DE DOCUMENTS

FONDÉE AVEC L'APPROBATION DE L'EMPEREUR

PAR

M. le baron HAUSSMANN, sénateur

PRÉFET DE LA SEINE

ET PUBLIÉE SOUS LES AUSPICES DU CONSEIL MUNICIPAL

VOLUMES PUBLIÉS

1° **INTRODUCTION, PRÉCÉDENTS HISTORIQUES**, 1 volume grand in-4° de 224 pages, avec planche héliographique.

2° **TOPOGRAPHIE HISTORIQUE DU VIEUX PARIS**, par M. Adolphe Berty, historiographe de la Ville (Région du Louvre et des Tuileries, 1). 1 vol. gr. in-4° de 600 pages, enrichi de vingt-deux gravures sur acier et de dix gravures sur bois, accompagné de deux plans de restitution.

    Prix des 2 volumes et de l'atlas, sur papier satiné...................... 75 fr.

    —   —   sur papier vergé...................... 100 fr.

VOLUMES SOUS PRESSE

Plusieurs ouvrages importants, relatifs à l'histoire de Paris, considérée sous ses divers aspects, sont en courant d'impression et paraîtront dans le cours des années 1867 et 1868.

Les Libraires dépositaires feront connaître à MM. les Souscripteurs l'époque précise de la publication de chaque ouvrage.

LIBRAIRES DÉPOSITAIRES

Agence générale de Librairie, 10, rue de la Bourse.

Amyot, rue de la Paix, 8.

Aubry, rue Dauphine, 16.

Cherbuliez, rue de Seine, 11.

Dentu, Palais-Royal, galerie d'Orléans.

Didot, rue Jacob, 56.

Didron, rue Saint-Dominique, 23.

Dumoulin, quai des Augustins, 13.

Auguste Durand, rue Cujas, 9.

Fontaine, passage des Panoramas, 35 et 36.

Librairie Internationale, 15, boulevard Montmartre.

Morel, rue Bonaparte, 13.

Rapilly, quai Malaquais, 5.

Veuve Renouard, rue de Tournon, 6.

Imprimerie L. Toinon et Cie, à Saint-Germain.